I0674851

INE

9

CLOSS

DISSERTATION

SUR L'UTILITÉ

DES COLLEGES

OU

LES AVANTAGES

DE L'EDUCATION PUBLIQUE

comparée avec l'éducation particuliere,

Par M. P. P.

A PARIS,

Chez NICOLAS LECLERC, ruë saint
Jacques, proche Saint Yves ; à l'Image
Saint Lambert.

M. DCC.

Avec Approbation & Permiſſion.

LEDIT NICOLAS LECLERC
a auſſi imprimé

La Maniere de bien élever les Enfans, tirée de l'Ecriture-Sainte & des Peres, un volume in 12.   1. l. 10. ſ.

SECONDE EDITION.

PREFACE.

E qui a douné lieu à ce petit Ouvrage, est une These qui fut soûtenuë chez feu M. le Chancelier Boucherat, par M. Barillon de Morangis son petit-Fils, le 18. Juillet 1693. où je me trouvay par hazard.

On y agita de part & d'autre plusieurs belles questions & entr'autres celle-cy, à sçavoir quelle est la meilleure éducation, ou celle qui se

ã ij

PREFACE.

donne en public dans des Colleges, ou celle qui se donne en particulier dans les maisons paternelles.

On dît là-dessus beaucoup de choses pour & contre tres-utiles ; mais enfin M. le Blond Bachelier en Theologie & Professeur de Philosophie au College de la Marche, qui présidoit à cette These, conclut avec le fameux Quintilien, qui a été Précepteur des neveux de l'Empereur Domitien, en faveur de l'éducation publique, la préferant de beaucoup à celle qui se donne en particulier.

PREFACE.

Depuis ce tems-là m'étant trouvé en plusieurs occasions, où la même question a été agitée, j'ay fait beaucoup de reflexions sur cette matiere, & comme j'ay été long-tems moy-même auprés des enfans, & dans des Colleges & dans des maisons particulieres, j'ay eu le moyen (t) le loisir de comparer par toutes sortes d'endroits, ces deux differentes éducations l'une avec l'autre.

Enfin, aprés avoir consulté des gens habiles & experimentez dans l'art d'enseigner la jeunesse, j'ay crû

qu'il ne seroit pas mal à propos de rendre publiques mes
reflexions.

Je suis du moins assuré
qu'ells peuvent en faire faire de tres-utiles à ceux qui
ont des enfans à élever : car
je n'ay point prétendu faire
icy une Dissertation qui fût
un simple Discours, ni parler pour parler ; j'ay tâché
d'examiner les choses en el-
les-mêmes par rapport à la
pratique, à ce qui se voit tous
les jours, & au party le plus
raisonnable qu'on puisse &
qu'on doive prendre dans
une des choses les plus im-

portantes de la vie, qui est
la maniere de bien élever
les enfans. Je la regarde
dans ce petit Traité par rapport à quatre principaux
points. 1°. Par rapport à la
pieté. 2°. Par rapport au
sçavoir vivre. 3°. Par rapport à l'étude. 4°. Par rapport à la santé.

Il est aisé de voir que le
premier et) le troisiéme
point, sont les plus impor-
tans ; ce sont ceux aussi sur
lesquels j'ay insisté davantage ; cependant le second et)
le quatriéme n'interesseront
peut-être pas moins les pe-

res & les meres.

Du reste, j'ay eu plus d'égard dans ce petit Ouvrage à la solidité du sujet, qu'à la politesse avec laquelle il auroit pû être traité ; je sens tres-bien que je ne suis pas capable de lui procurer ce dernier avantage ; je tâche seulement d'exprimer mes pensées avec netteté, & de n'en avoir que de raisonnables ; ç'en est assez pour attirer l'indulgence des personnes judicieuses.

DISSER-

DISSERTATION
SUR L'UTILITÉ
DES COLLEGES
OU
LES AVANTAGES
DE L'EDUCATION PUBLIQUE
comparée avec l'Education particuliere.

CHAPITRE PREMIER.

Si pour la pieté, il est plus à propos d'élever les Enfans dans un College, que dans les Maisons paternelles ?

VOICY le point de la Question generale le plus important, &

A

celuy néanmoins dont bien des gens ſemblent ſe mettre le moins en peine; puiſque le plus ſouvent ils aiment mieux faire élever leurs enfans par des perſonnes entierement profanes, que par d'autres qui faſſent une profeſſion particuliere de pieté; en effet ils paroiſſent craindre qu'on ne leur inſpire des ſentimens de Religion, qui ne s'accorderoient pas aſſez avec les maximes du monde dont ils veulent les remplir.

Les peres & les meres

qui sont dans ces dispositions sont à plaindre & demandent de grandes instructions ; leurs enfans n'ayant point appris d'eux ni des maîtres qu'on leur a donnez la soûmission qu'ils doivent à Dieu, manqueront bientost à celle qu'ils doivent à leurs parens, car il n'est point de motif plus inébranlable de cette obéïssance, que la volonté de Dieu.

Mais s'il y a des peres si peu Chrétiens & si mal intentionnez pour leurs enfans, il faut avoüer qu'-

il y en a un plus grand nombre d'autres qui font trés zelez fur cet article, mais dont le zele ne paroît pas affez éclairé.

Ils s'imaginent que de mettre leurs enfans dans des Colleges, c'eft les expofer à prendre dés leurs premieres années de mauvaifes impreffions.

Il femble d'abord en effet, qu'à bien pefer toutes chofes, ce feroit un grand avantage de s'affurer d'un homme de bien, penetré de Dieu, qui fuft en même tems inftruit des bienséances du monde , afin qu'auprés d'une mere vertueuse & d'un pere vraiment Chrétien, on é-levât un enfant loin de tout ce qui pouroit dans la foule de plusieurs au-tres enfans , corrompre ses mœurs & ses inclina-tions.

Mais premierement où trouver cet homme par-fait & si necessaire , à qui l'on sera obligé d'avoir une confiance entiere, & qui sera la pluspart du tems sans surveillant ?

Où trouver sur tout

A iij

dans le grand monde, un
pere & une mere qui puif-
fe & qui veüille apporter
fur ces points , la gefne
qu'il faudroit.

D'ailleurs, s'il eft vray,
qu'un bon Directeur des
ames eft difficile à ren-
contrer ; & que , felon S.
François de Sales , à peine
en trouve-t-on un entre
dix mille : il n'eft pas
moins malaifé de trouver
un homme propre à inf-
pirer la vertu à un en-
fant, fans luy infpirer fes
bizarreries , fes caprices,
& quelquefois les vices

d'une mauvaise éducation
qu'il a euë luy-même.

Mais s'il est imparfait
ou corrompu, s'il n'a que
des vertus hipocrites, s'il
se contente de garder avec
soin les apparences & les
dehors, combien se fera-t-
il écoulé de tems, que de
dérèglemens & de cor-
ruption n'aura-t-il pas ins-
piré avant qu'on s'en ap-
perçoive ? n'est-ce pas un
malheur qu'on déplore
tous les jours ?

Au fond, quand le Maî-
tre auroit des intentions
bonnes, & qu'il feroit pro-

pre à donner une éduca-
tion Chrétienne, où trou-
vera t-on des parens dont
l'exemple ne puiſſe dé-
truire en un moment, en
fait de pieté & de maxi-
mes Chrétiennes, tout ce
qu'un Maître zelé aura
pû enſeigner dans une an-
née entiere? combien de
diſcours mondains, de pa-
roles libres & malſéantes,
d'exemples dangereux ,
de maximes pernicieuſes
dans les maiſons qui paſ-
ſent quelquefois pour les
plus reglées? Y entend-on
parler d'autre choſe que

de parties de plaisir , de divertissemens , de jeux , de compagnies profanes , de fortune , d'ambition , d'élevation , de point d'honneur ? Y voit - on presque rien dans la conduite qui ne soit tout-à-fait conforme aux discours qu'on y entend ? On a beau vouloir quelquefois se taire en présence des enfans , ou se dérober à leurs yeux , il en échape toûjours assez , lorsqu'on y pense le moins pour leur laisser comprendre ou du moins entrevoir les mysteres d'iniquité. On a beau vouloir donner de tems à autre des instructions, qui paroissent salutaires ; quelques paroles jettées par hazard & par des parens qui n'ont pas toujours eux-mêmes trop de foy à ce qu'ils disent, peuvent elles avoir aucun bon effet ?

Les Colleges ne sont point sujets à ces inconveniens, puisqu'ils sont ordinairement gouvernez par des personnes Ecclesiastiques & consacrées à Dieu, dont l'exemple &

la converfation infpirent
comme naturellement des
fentimens de Religion &
de pieté. Quoyqu'ils n'en
parlent pas toûjours pour
ne pas rebuter les jeunes
efprits, ils le font au moins
regulierement dans les
tems marquez ; les femai-
nes, les mois ne fe paffent
point fans des inftructions
frequentes ; elles fe redou-
blent en certains tems,
pour réveiller la non-chalance & pour frapper plus
vivement l'imagination de
la jeuneffe ; elles fe renou-
vellent d'une maniere im-

perceptible en divers exercices de pieté qui parta-
gent la journée, & en un
plus grand nombre d'oc-
casions que l'on prend de
rappeller l'esprit à la pieté.

Au milieu des exerci-
ces mêmes qui semblent
les plus profanes, un mot,
une réflexion Chrétienne,
un trait d'histoire édifiant,
un exemple singulier que
dira, comme en passant,
à ses disciples un Maître
qui correspond à la sain-
teté de sa profession, frap-
pera en même tems l'es-

prit de deux cens jeunes hommes, & le cœur de plufieurs d'entr'eux. Ceux qui dans cette occafion n'auront pas été inftruits ou touchez, ne peuvent manquer de l'être en une infinité de conjonctures femblables, où chacun des Enfans pouvant profiter de ce qu'il entend dire à tous les autres, reçoit enfemble par ce moyen le fruit d'autant d'inftructions qu'il en faudroit à chacun des Enfans en particulier.

D'ailleurs ces fecours

reçoivent une efficace toute singuliere, de la conduite même des personnes
habiles, & vertueuses dont
on est environné dans les
Colleges.

Quelque peu ouvert que
paroisse l'esprit des jeunes
gens, il l'est toûjours assez pour connoître, pour
distinguer & pour estimer
le merite de ceux qui les
approchent; & quand ils
le voyent soûtenu d'une
vraye pieté, l'estime qu'ils
ont pour les personnes,
leur en donne en même
temps pour la vertu. Beau-

coup de gens n'ont jamais
eu une plus haute idée de
leur Religion , que dans
le souvenir des personnes
qui les avoient élevez &
qui renonçoient à toutes
les douceurs de la vie pour
aller pratiquer & ensei-
gner les leçons Chrétien-
nes qu'ils avoient don-
nées à leurs disciples.

   Ce sont là des avanta-
ges de l'éducation publi-
que sur ce qui regarde la
pieté , desquels il est difficile de ne pas convenir ;
mais on prétend qu'ils
sont balancez par d'autres

inconveniens qu'il faut examiner.

Car enfin, il semble que dans la multitude & dans la foule des enfans, les paſſions s'excitent & ſe déclarent davantage.

Un Enfant qui dans le particulier ſeroit peut-être doux & paiſible, ſe voyant piqué par ſes égaux, laiſſe aiſément échapper le feu de ſes paſſions, la colere, la mauvaiſe humeur, le chagrin prennent l'eſſor, & ſe déclarent.

D'ailleurs il y a d'autres vices plus funeſtes & plus
                    contagieux

contagieux dont les jeunes gens ne paroissent jamais plus susceptibles que dans les Colleges ; un seul qui y sera corrompu , pourra en corrompre plusieurs autres.

Touchant les passions qui ne sont pas contagieuses de leur nature , comme la colere & le chagrin , on peut dire que c'est un avantage essentiel de l'éducation publique, qu'elles se déclarent plus ouvertement dans les Colleges. Pour être endormies autre part , elles n'en seroient

B

pas moins vives, & en se-
roient beaucoup moins
horsd'état d'être corrigées:
Il faut qu'elles se montrent
pour se faire connoître,
& par conséquent pour se
faire guerir ; il faut qu'-
elles éclatent dans la tendresse de l'âge, où elles
sont encore foibles, pour
ne se pas fortifier avec
l'âge dans l'obscurité,
comme un feu caché qui
causeroit un furieux in-
cendie, lorsqu'il ne seroit
plus tems de vouloir l'ar-
rêter.

Rien n'est plus con-

traire à l'esprit du Christianisme aussi-bien qu'à
la science du monde, qu'-
une sotte suffisance où sont
sujets entr'autres défauts
les enfans qu'on éleve en
particulier, parceque ce
vice n'étant pas alors é-
clairé ni apperçû, il se
nourrit tranquillement &
en sûreté, & fait dans la
suite un caractere de gens
aussi peu Chrétiens, que
peu polis.

Les passions qui sont
contagieuses, & celle qui
est en particulier plus à
craindre pour le jeune

âge, demande une confi-
deration plus grande.

Il eſt évident, que s'il
y a un écueïl dans l'édu-
cation publique, c'eſt ce-
luy-là : mais des écueïls,
où n'y en a-t-il point en
ce monde? où ne ſe trou-
vera pas celuy même dont
on voit que je veux par-
ler? & où ſe trouvera-t-il
moins que dans un Col-
lege bien reglé, où un
grand nombre de perſon-
nes zelées & intelligentes
mettent toute leur appli-
cation à le prévenir?

Sera-ce dans la maiſon

d'un fimple Bourgeois, qui
aura continuellement les
yeux fur un Enfant, & fur
un petit nombre de dome-
ftiques qui peuvent être
plus aifémét à la portée de
la vigilance d'un Maître.

Telle eft la fituation la
plus heureufe pour l'édu-
cation Chrétienne d'un
Enfant & pour le préferver
du vice dont nous par-
lons; mais avec cela cet-
te fituation eft-elle toûjours fûre? & combien de
parens les plus vertueux,
ayant pris toutes ces pré-
cautions , jureroient de

l'integrité des mœurs de leurs Enfans, qui à leur infçû font dans des défordres trés - confiderables ?

Que fera - ce donc des maifons de qualité & plus opulentes, où l'on ne refpire rien plus que le luxe & la molleffe ; où tout eft plein de toutes fortes de gens, de valets & de domeftiques, qui agiffent & qui parlent avec la derniere liberté du moins hors de la préfence de leurs Maîtres ; où l'on met des Enfans entre

les mains de femmes &
de Demoiselles qui ne re-
gardent seulement pas
comme contraires à la pu-
deur des entretiens, des
manieres, des affectations,
des caresses, qui sont dés
l'âge le plus tendre la
source infaillible de la
corruption que les Enfans
apportent bien plus dans
les Colleges qu'ils ne l'y
trouvent.

S'il y a donc du mal
dans les Colleges de ce
côté là; c'est qu'il y en a
incomparablement davá-
tage dans les maisons par-

ticulieres ; & l'on en peut
citer des preuves inconte-
ftables.

Il n'eſt pas arrivé pour
une fois , qu'un Pere ve-
nant amener ſon Enfant
au College , recomman-
doit qu'on eût un ſoin ex-
traordinaire de ſes mœurs,
qu'on prétendoit avoir
toûjours été juſqu'alors
d'une pureté angelique.
Peu de tems aprés l'En-
fant laiſſe bientôt entrevoir à des perſonnes ap-
pliquées à ſa conduite,
qu'il n'a été rien moins
qu'un Ange. On avertit
le

le pere de ce quon voit, il s'étonne, se récrie, fait des exclamations, difant, voilà tout ce que je craignois dans un College ; en voilà le malheur; mais quelle forte de malheur? d'y avoir reçû un enfant, lequel par fa propre confeffion a été dans les derniers defordres, plus de deux ans avant qu'il fortit de la maifon paternelle. Cependant le pere ne comprend pas la chofe, il a toûjours crû fa maifon un lieu feur ; il a toûjours eu à ce qu'il affûre les yeux

C

ouverts fur fon fils ; mais
il faut en excepter le matin & le foir , qu'un laquais
venant habiller & desha-
biller l'Enfant de qualité,
luy apprenoit des chofes
qu'on n'ofe pas même
imaginer, & dont l'éduca-
tion la plus fainte a bien de
la peine a détruire dans la
fuite les pernicieux effets.

D'autres parens qui
font encore plus inconfi-
derez , font ceux nean-
moins qui fe plaignent des
Colleges fur ce point avec
le plus de liberté & d'in-
juftice. Une Dame ayant

fçu que fon fils étoit tom-
bé en quelque faute dans
un College, vint en dé-
charger fon cœur avec
amertume & avec repro-
che aux Directeurs du
College même; Oh Dieu!
ajoûta-t-elle! où peut-il
avoir appris ces chofes? à
quoy un des Directeurs fit
une réponfe tres-vraie &
que meritoit bien la Da-
me; où Madame? c'eft
chez vous; chez moi? oüi,
& à vôtre table, tel jour
& par telle perfonne; il
fe difoit des chofes que
vous n'entendiez pas, ou

ne faisiez pas semblant
d'entendre; ces belles leçons ont donné des curio-
sitez, qui sont de l'aveu
même de vôtre fils, la pre-
miere cause des fautes
dont vous vous plaignez.
La Dame ne demanda pas
un plus grand éclaircisse-
ment, & plusieurs autres
peuvent profiter de cet
exemple qui n'est pas unique non plus que le pre-
cedent.

Quand donc il échappe
dans un College tres-bien
reglé des fautes en cette
matiere, malgré tout le

soin, toute la vigilance, toute la précaution imaginable qu'on peut humainement parlant apporter; il ne faut pas s'étonner qu'elles y faſſent beaucoup plus de bruit que dans les maiſons particulieres; c'eſt qu'elles y ſont incomparablement plus rares, elles y ſont beaucoup plus remarquées; plus décriées, plus punies, ou pour mieux dire c'eſt le lieu ſeul où elles ſoient punies ſeverement, ce qui produit un bien tres-eſſentiel; car faute de cela,

C iij

beaucoup de jeunes gens dans les maifons particulieres non feulement font fujets à ce vice, mais encore en prennent une funefte habitude fans en connoître jamais toute l'horreur; & ils ne peuvent jamais la méconnoître dans un lieu où il eft auffi décrié & auffi châtié qu'il doit l'être.

Mais quel avantage ne feroit-ce pas fi l'on pouvoit trouver un College, où plaçant prés des Enfans les mêmes perfonnes qu'on voudroit leur don-

ner en particulier, on leur
procurât en même temps
& toutes les utilités de l'é-
ducation particuliere , &
toutes les utilités de l'éducation publique ?

Enfin fi l'on pouvoit
trouver un College où fans
infpirer aux Enfans une
pieté differente de celle
qui convient à leur naif-
fance, on leur apprit ce
qu'ils doivent à Dieu, à
leurs parens, à leur Prince, à leur patrie ; où l'on
regardât toûjours comme
un point capital le foin de
procurer leur falut & de

C iiij

veiller à leurs mœurs avec
toute la severité imaginable ; où l'on reglât exacte-
ment tout le tems de leurs
prieres, de leurs études,
de leur divertissement, &
de leur jeu, pour les ac-
coûtumer peu à peu à se
faire violence, & à plier
sous le joug de leurs de-
voirs ; où les Maîtres de-
stinez à les conduire se-
lon ces vûës, eussent eux-
mêmes des aydes & des
surveillans ; il semble qu'a-
lors il seroit mille fois plus
utile d'élever les Enfans
dans ces lieux-là que dans

les maisons particulieres ;
car outre l'avantage des
Enfans même, les peres
& les meres auroient du
moins leur conscience dé-
chargée devant Dieu ; &
la consolation d'avoir fait
moralement tout ce qu'ils
pouvoient pour élever
leurs Enfans chrétienne-
ment ; comme il arrive
quand ils mettent leurs
filles dans un Monastere,
car on est alors assez per-
suadé qu'on ne peut pren-
dre des mesures plus sages,
ny plus conformes à l'es-
prit du Christianisme pour

les élever dans la pieté.

Au reste, on voit bien que je parle uniquement des Colleges & des Pensions où la pieté regneroit de cette sorte, & où les Maîtres se feroient un devoir essentiel de l'entretenir.

Car pour les Colleges & les Pensions où l'on ne songeroit qu'aux lettres & aux bienséances du monde, sans se mettre beaucoup en peine d'imprimer dans les esprits des sentimens de Religion (si cependant il en est de cet-

te forte) tout le monde
avoüera qu'il n'eſt rien de
plus dangereux.

CHAPITRE II.

Du ſçavoir vivre.

ON peut dire avec
verité, quelqu'affe-
ction que puiſſent avoir
pour les Enfans, ceux à qui
l'éducation eſt conſiée
que leur zele n'égale ordinairement point celuy des
peres & des meres, ſur le
point que nous propoſons
en cet article ; ceux-ci ont
des tendreſſes & des délica-

tesses que la nature leur a inspirées, & que la reflexion. & le devoir ne produisent gueres aussi vivement dans les autres.

Ainsi lorsque des peres & des meres sont parfaitement instruits dans les devoirs de la vie civile, comme on l'est toûjours assez dans le monde, & particulierement dans le grand monde, il semble qu'il n'y a pas lieu de douter qu'ils ne puissent mieux que personne élever à cet égard leurs Enfans.

Est-il rien en effet de

plus admirable que les
jeunes Enfans tels qu'on
les voit à Paris à l'âge de
fix ou fept ans formez par
les foins & par les inftructions de leurs meres ?
quelles reparties plus in-
genieufes ? quelles manieres plus prévenantes &
plus engageantes? & un
Maître fçavant en Grec &
en Latin peut-il leur en apprendre autant ?

D'ailleurs n'eft-il pas à
propos que les enfans s'ac-
coûtument de bonne heu-
re à voir dans la maifon
paternelle comment on vit

felon l'état & la condition
où ils doivent être un jour
eux-mêmes, & quelle
meilleure leçon que des
exemples continuels?

Tout cela eft vrai, ce-
pendant l'experience fait
connoître que cette édu-
cation qui fembloit avoir
de fi heureux fuccés dans
la plus tendre enfance, ne
fe foûtient pas dans la fuite. Ce qui étoit feu & vivacité devient fouvent dans
la fuite ftupidité & len-
teur. Outre qu'il ne s'agit
plus de petites naïvetés,
& des jolies reparties que

fait un enfant à qui l'on a donné la liberté de tout dire ; il s'agit dans la suite du tems de se conduire avec tout le monde ; de rendre à un chacun ce qui luy est dû selon les regles de la vie civile, de sçavoir pour cela se gesner, se contraindre, s'ajuster au caractere d'esprit, à l'humeur & aux manieres d'autruy, afin de gagner par sa complaisance & par un esprit souple & docile, toutes les personnes à qui l'on peut avoir à faire ; Or rien n'est plus opposé à tout cela que l'éducation particuliere.

Tandis que les enfans font dans l'enceinte de la maifon paternelle, ils ne voient rien de plus grand qu'eux & que leur pere; les domeftiques & toutes les perfonnes qui frequentent la maifon, leur marquent de la confideration ou du refpect, & leur applaudiffent fouvent jufques dans leurs fottifes; ils fe regardent comme étant au deffus de tout. Ainfi ordinairement parlant, rien n'eft plus neuf, ny

plus

plus ridicule qu'un jeune
homme qui n'eſt point ſor-
ti de chez ſoi.

En effet, s'il a des im-
perfections, comme il eſt
impoſſible qu'il n'en ait
quelques-unes, où trou-
vera-t-il chez luy des cen-
ſeurs pour le reprendre ?
Sera-ce une mere, qui ex-
cuſe tous ſes défauts & qui
ne comprend rien de plus
parfait que l'enfant qu'elle a mis au monde ?

S'il eſt taciturne, c'eſt
prudence & ſageſſe au
deſſus de ſon âge ; s'il eſt
étourdy, c'eſt vivacité,

D

s'il eſt impatient & colere,
il a eu raiſon de ſe fâcher ;
où ſi une mere reconnoît
de bonne foy quelques
défauts en ſon enfant, c'eſt
encore pis ; elle en eſt plus
déterminée à ne luy en re-
connoître jamais d'autres,
deuſſent-ils crever les
yeux de tout le monde ; il
n'y a qu'à l'entendre, elle
n'eſt pas comme les au-
tres meres, elle ne s'aveugle pas, elle voit tout, &
ſa preuve invincible, c'eſt
qu'elle voit quelque cho-
ſe ; pourquoy ne verroit-
elle pas le reſte ? c'eſt qu'-

elle eft mere & par confé-
quent toûjours aveugle ;
il n'y a entr'elle & les autres meres de difference
que du plus au moins, d'où
il eft aifé de conclure qu'à
bien pefer toutes chofes, là
perfonne la moins propre
à élever un enfant au delà
de fept à huit ans, & de
luy donner une éducation
raifonnable pour tout le
refte de fes jours, c'eft une
mere.

Qui la luy donnera
donc ? fera-ce un pere ?
outre qu'il a quelquefois
les mêmes aveuglemens

D ij

des meres, il a bien d'autres soins qui l'occupent;
la multitude de ses affaires
& de ses distractions ne
sçauroient luy permettre
de faire une fonction
où l'on ne peut jamais apporter trop d'assiduité.

Mais ce qu'un enfant
ne sçauroit que trés-diffi-
cilement trouver chez soi,
il le trouve à coup-sûr au
milieu d'une multitude
d'enfans assemblez dans
un College.

En premier lieu, les
Maîtres qui y sont pour
peu qu'ils ayent eux-mê-

mes de naissance & d'é-
ducation, voient d'abord
le défaut principal de l'enfant qu'on leur met entre
les mains; s'ils ont le zele
d'un pere & d'une mere,
ils n'en ont pas l'aveuglement, ny la folle tendref-
fe, qui empêche ou de
voir les corrections dont
un enfant a befoin, ou
qui ôtent la refolution de
les luy faire.

Mais en fecond lieu, il
faut avoüer que ce ne font
pas les Maîtres qui font
les plus habiles & les plus
clairs-voyans à corriger

ces défauts, ils peuvent en-
trer quelquefois dans les
sentimens d'un pere aveu-
glé par sa tendresse, & ne
voir pas les vices d'une
plante qu'ils ont cultivez;
mais la troupe des enfans
même est sans pitié & sans
aucun égard, ou du moins
sans aucun aveuglement
pour le ridicule & pour les
défauts qu'ils apperçoi-
vent dans leur camarade,
& comme un enfant n'ai-
me pas à être le joüet des
autres, ni à sentir qu'il en
est méprisé, il arrive que
sans réprimande il travail-

le souvent de luy-même à
se corriger, & le fait insen-
siblement.

Je ne voudrois pas ce-
pendant mettre un enfant
de qualité où il n'y auroit
que des enfans d'une me-
diocre condition, il pourroit servir d'exemple aux
autres, mais il pourroit
prendre aussi de mauvai-
ses manieres, faute d'a-
voir devant les yeux aucun
modele qui luy fut con-
venable.

Je voudrois une Pen-
sion ou un College, où il
y eut des enfans de toutes

les conditions, & où cha-
cun d'eux put trouver dans
les autres des exemples à
suivre & des censeurs à
craindre.

Si le grand nombre é-
toit neanmois de person-
nes de qualité, on ne peut
douter que le tout n'en al-
lât mieux ; ils se sentent
toûjours de leur naissan-
ce ; ils apprennent aux autres à avoir des inclina-
tions nobles, & comme
ils sont dans un âge à ne se
pas tant contraindre sur
tout dans les choses où ils
ont raison, ils veulent
qu'un

qu'un chacun se tienne en
son rang , & en remplisse
les devoirs.

C'est ainsi qu'un Colle-
ge un peu distingué & par
le nombre & par la quali-
té des enfans , forme une
espece de Republique , où
ils apprennent infailliblement à se ménager les uns
les autres, sous des loix qui
les assujetissent peu à peu
& qui leur donnent ce ca-
ractere docile , pliant &
maniable, si propre à former d'honnêtes gens &
des hommes utiles à l'Etat,
en quelque condition qu'-

E

ils se trouvent dans la suite de leur vie.

En effet les divers re-
glemens d'un College
bien ordonné accoûtu-
ment infailliblement les
jeunes esprits à une con-
trainte salutaire, & à ne
point agir par bizarrerie,
par fantaisie, par humeur;
la quantité de personnes
quoique sages & judicieu-
ses à qui ils ont à répondre,
reprime & dompte imper-
ceptiblement cet esprit
d'orgueil & d'indépen-
dance, avec lequel les jeunes gens voudroient tous

se conduire, ce qui les rendroit pourtant absolument incapables des plus grands Emplois de la vie, où rien n'est plus necessaire que la subordination & la docilité.

Des Officiers du premier rang ont souvent dit, qu'on reconnoissoit aisément à l'Armée, ceux qui y viennent aprés avoir été élevez dans un des Colleges de Paris, où il y a le plus d'ordre, & que ces jeunes gens étoient les plus propres à réüssir par la disposition qu'ils avoient pri-

se à montrer de l'obéïssance & de l'exactitude dans
toute leur conduite.

Il en est à proportion
de même de toutes les au-
tres conditions de la vie,
où l'on ne peut bien com-
mander que quand on a
été élevé à bien obéïr, &
où l'on ne peut gagner les
divers esprits, avec les-
quels on a à traiter, que
quand on a bien appris ce
secret dans la jeunesse, en
se pliant soi-même & en se
faisant violence pour cet
effet.

C'est ce qui produit en

core un autre avantage
qui n'eſt pas peu conſide-
rable, à ſçavoir les liaiſons & les habitudes que
les jeunes gens forment
ſouvent entr'eux dans les
Colleges, ce qui eſt, &
pour le preſent & pour l'a-
venir, d'une ſi grande utilité.

Car comme ces liaiſons
ſont fondées en ces lieux-
là, non pas ſur la ſimple
humeur & ſur des parties
de divertiſſement, mais
ſur les principes les plus ſa-
ges & les plus aimables de
la ſocieté civile : elles ſont

plus propres à durer & à
donner à ceux. parmi leſ-
quels elle ſe forme, une
eſtime & une affection
mutuelle, qui ſe conſerve
le plus ſouvent le reſte de
la vie.

CHAPITRE III.

Des Eſtudes.

C'EST particuliere-
ment pour élever là
jeuneſſe dans les ſciences
que les Colleges ont été
inſtituez, & la quantité
qui s'en eſt formée de tout
tems, ſemble marquer

affez l'opinion que l'on a toûjours euë de l'avantage qu'ont les Colleges de ce côté-là.

Car enfin il feroit difficile de juger que la plus grande partie du monde fe fût trompée en un point fi effentiel, & qu'on a depuis tant de fiecles examiné de fort prés & avec beaucoup d'attention.

Ce n'eft donc pas qu'on n'ait vû ce qui faute aux yeux d'abord, qu'un enfant élevé en particulier eft l'unique objet des foins d'un Maître, & que ces

foins étant alors moins
partagez, ils femblent
auffi devoir infaillible-
ment avoir plus d'effet.

On peut ajoûter à cet-
te raifon des exemples
heureux, & nous avons
de nos jours quelques perfonnes dans le monde du
merite le plus diftingué.&
le plus éclatant qui ont
été élevées de la forte. De
fçavoir précifément fi
c'eft ou à l'éducation qu'-
elles ont reçuë en particulier qu'elles font redeva-
bles de leur merite, ou fi
elles ne fe fuffent pas for-

mées auffi bien & encore
mieux dans des Colleges
avec les excellentes difpo-
fitions qu'elles avoient naturellement : c'eft fur quoi
l'on voit les fentimens partagez, & c'eft une partie
de la queftion même que
nous agitons.

Ce qui eft évident, c'eft
que dans toutes les chofes
de la vie, fur quoi la pen-
fée des perfonnes raifon-
nables peut être differente, il y a toûjours de côté
& d'autre quelques rai-
fons; il ne s'agit que de les
mettre dans une jufte ba-

lance pour voir lesquelles
doivent l'emporter ; ainsi
l'on ne peut douter qu'il
ne soit tres-utile de donner à un enfant un maître
particulier, habile & ju-
dicieux, qui soit unique-
ment occupé de son Eleve,
qui s'applique à connoître
la portée & le caractere
de son esprit, pour y pro-
portionner les leçons qu'il
doit luy faire, & pour ménager avec une methode
suivie les premieres lüeürs
de l'esprit, jusqu'au plein
jour d'une raison tout à
fait ouverte. Voilà le bel

endroit de l'éducation particuliere & l'on n'en peut difconvenir.

Peut-être fera-t-on plus embarraffé qu'on ne peut imaginer à trouver cet homme habile & judicieux, peut-être eft-il plus aifé qu'on ne croit de prendre le change fur la portée & le caractere de l'efprit d'un enfant, lequel ne peut gueres montrer de quoi il eft capable qu'-aprés avoir été exercé long-tems & en diverfes manieres.

Peut-être encore cette

methode de cultiver l'eſ-
prit d'un enfant ſelon ſa
portée s'obſervera - t - elle
beaucoup plus ſûrement
dans les Colleges par les
perſonnes qui ſont auprés
de lui, & qui n'auront
qu'à appliquer à ſon caractere particulier les leçons
communes : mais quoy-
qu'il en ſoit ſur ces points-
là , l'éducation publique a
manifeſtement d'ailleurs
des prérogatives qui luy
ſont tout à fait propres,
qui ne peuvent ſe trouver
dans une éducation par-
ticuliere.

Il est évident d'abord que le meilleur moyen d'apprendre les lettres aux enfans, est de faire en sorte qu'ils s'y portent d'eux-mêmes & par des motifs qui ne soient point forcez; il n'en est gueres de cette sorte, ni qui soit plus naturel que l'émulation. Les enfans ne veulent point se ceder les uns aux autres, ils ne se voyent point sans répugnance surpassez par leurs compagnons, ils ne pensent point au plaisir de les primer, sans être animez de plus en plus à bien faire.

Pour combien compte-
ra t-on cet avantage de
l'éducation publique? &
avec quel autre voudroit-
on le comparer? Donnez
des loüanges tant qu'il
vous plaira à un enfant en
particulier, c'en fera affez
pour le remplir de lui même; mais jamais il ne fera
par là auffi excité à bien
étudier, que par l'envie de
fe mettre, ou de fe confer-
ver au deffus d'un grand
nombre d'enfans de fon
âge, & de fa qualité avec
lefquels ils fe trouve tous
les jours aux prifes.

Cette verité eſt ſi évidente que l'éducation particuliere la plus noble & la plus royale, ne peut ſe diſpenſer d'emprunter une partie de cet avantage des Colleges, & on n'éleve gueres un enfant, fut-il même deſtiné au Trône, qu'on ne lui donne quelques autres enfans pour être les compagnons de ſes études; il faut qu'il puiſſe ſe meſurer avec eux, pour avoir envie de faire auſſi-bien qu'eux & beaucoup mieux encore s'il eſt poſſible.

Un Prince de ce siecle,
qui a été un des plus
grands esprits, comme un
des plus grands Heros du
monde, étoit bien persua-
dé de cette maxime; il ne
croyoit pas que toute la
grandeur de sa maison dût
priver ses enfans des avan-
tages de l'éducation pu-
blique, où la seule émulation tient lieu aux jeunes
gens d'une infinité d'au-
tres secours.

Ce ne sont pas seule-
ment les enfans qui sont
susceptibles de cette émulation, & à qui elle est
necessaire

neceſſaire ; je ne ſçai ſi les
Maîtres mêmes n'en n'ont
pas autant beſoin qu'eux ;
les perſonnes les plus rai-
ſonnables ſe laiſſent naturellement toucher à l'en-
vie de faire pour le moins
auſſi-bien que leurs con-
currens, ſur tout quand
ils s'éclairent de prés les
uns les autres, & cette
ardeur mutuelle s'excite
encore d'avantage par l'o-
bligation indiſpenſable de
remplir leurs devoirs aux
yeux du public.

Il ne s'agit pas dans leur
fonction comme dans l'é-

E

ducation particuliere d'un
enfant, de contenter uni-
quement des parens qui
n'ont nulle idée des scien-
ces ou qui en ont une faus-
se ; d'apprendre à son Eleve par memoire un trait
d'histoire, de le lui faire
reciter en compagnie
comme à un Perroquet,
auquel on applaudit
quand il a joliment dit sa
chanson, de faire beau-
coup valoir de petits soins
qu'on apporte auprès de
son disciple en quelques
momens pour se dédom-
mager de toute la negli-

gence qu'on a dans les
chofes effentielles ; les
Maîtres qui enfeignent
dans les Colleges ne fçauroient être ordinairement
parlant, fujets à ces negli-
gences & à ces irregulari-
tez. Le public ne s'y laif-
feroit pas fi long-temps
tromper ; ils font obligez
en enfeignant de fuivre
non pas leur caprice, mais
une methode fûre & con-
ftante, approuvée gene-
ralement des perfonnes
qui ont eu le plus de re-
putation & d'experience
dans les lettres; pour peu

qu'ils s'écartassent de la
vraie maniere de bien en-
seigner, ils sont entourez
de personnes qui ne man-
queroient pas de s'en ap-
percevoir & de les redres-
ser, ce qui les fait tenir
toûjours sur leurs gardes,
& s'attacher constam-
ment à une même regle
de conduire l'esprit des
enfans.

On ne peut exprimer
d'ailleurs, combien cet
avantage est solide, bien
qu'il ne soit pas apperçû
de la plûpart des gens qui
s'en tiennent à de frivoles
apparences.

En effet rien ne sert plus à former l'esprit de la jeunesse, que ce qui contribuë davantage à en fixer la mobilité & la distraction, sans cette methode sûre & reguliere de conduire les jeunes gens, comme ils ne suivent jamais une même route, ils n'arrivent jamais aussi à un terme heureux.

Cette suite de methode reglée si utile, qu'on observe dans les Colleges, est jointe à une heureuse diversité qui empêche de sentir la trop grande con-

trainte de la regle, & c'eſt
ce qu'on ne peut encore
aſſez eſtimer.

Les tems & les lieux dif-
ferens où les enfans étu-
dient, ſont pour eux un
relâchement, qu'ils pren-
nent, ſans ceſſer pourtant
d'étudier, & il ſemble que
par cet endroit-là ſeul,
l'éducation publique, que
l'on donne dans un Collè-
ge bien reglé, l'emporte
encore de beaucoup ſur
l'éducation particuliere la
plus avantageuſe.

Quelqu'exacte   que
puiſſe être celle-ci, un

Maître ne peut faire étudier son disciple en particulier tout au plus que trois heures le matin, & trois heures l'aprés diné, & il faut donner tout le reste du temps à l'enfant pour se relâcher en des choses qui n'ont nul rapport à l'étude ; au lieu que dans un College, les enfans se trouvent occupez toute la journée à leurs études, excepté ce qu'il est impossible de retrancher à la priere, au repas & à une recreation assez courte.

Cependant on ne voit

point que cette occupa-
tion continuelle leur fati-
gue l'esprit en nulle ma-
niere, ce qui vient & de
la diversité des exercices,
qui se succedent les uns
aux autres, & de la differente maniere, dont ils se
pratiquent ou dans les
classes ou hors des classes.

Or je demande de quel-
le utilité n'est pas ce
moyen admirable d'occu-
per continuellement l'es-
prit des enfans, je ne parle pas seulement pour la
quantité de diverses cho-
ses qu'on a ainsi le temps
d'imprimer

d'imprimer impercepti-
blement dans leur efprit,
tellement qu'oubliant la
moitié de ce qu'ils apprennent, ils en fçavent encore
beaucoup plus qu'on ne
peut leur en apprendre
dans les maifons particu-
lieres, où ils ne fçauroient
être appliquez la moitié
du tems qu'ils le font dans
les Colleges ; mais cet
avantage quelque grand
qu'il foit, n'eft pas encore le plus grand qui fe tire
de cette occupation con-
tinuelle ; il y en a un autre beaucoup plus confi-

G

derable ; c'eſt d'accoûtu-
mer peu à peu l'eſprit des
enfans à durer au travail,
à étudier de ſuite , & à être
preſque toûjours appli-
quez à quelque choſe.

Il eſt évident que ce
qu'on prétend, en donnant
aux enfans les principes
des ſciences, eſt beaucoup
moins de les rendre ſça--
vans, puiſqu'ils n'en ſont
point capables à leur âge,
que de les mettre en diſ-
poſition de devenir habi-
les dans la ſuite de leur
vie.

Or je ne crois pas que

rien puiffe être mieux ima-
giné, pour produire cet
effet, que la methode des
Colleges, qui eft faite ex-
prés, pour donner aux jeunes gens le fecret de tra-
vailler toûjours fans trop
fe laffer, & d'étudier fans
fe dégoûter de l'étude, en
prenant d'heure en heure
differentes manieres de
s'occuper & de s'appli-
quer, lefquelles vont toutes pourtant à un même
but; compofer, appren-
dre par cœur, reciter ce
qu'ils ont appris, rendre
compte de ce qu'ils ont

fait, reprendre leurs compagnons, difputer les uns avec les autres, tantôt en un lieu, tantôt en un autre, tantôt entr'eux, & tantôt devant les Maîtres, c'eft ce qui fert efficacement, non feulement pour étudier toûjours, & pour s'en former infailliblement l'habitude & le goût, mais encore pour apprendre à faire ufage de fes études devant le public, ce qui eft d'un prix auffi grand, ou même plus grand que l'étude même.

En effet, où peut-on

prendre ailleurs que dans les Colleges cette difpoſition ſi neceſſaire de parler devant le monde avec grace, & avec avantage; ou ſur le champ, ou dans un diſcours preparé.

Il eſt aiſé de voir qu'elle eſt la prérogative des Colleges ſur ces points là. Un jeune homme qu'on à fait paſſer par les exercices qui y ſont en uſage, eſt en état de paroître avec ſuccés dans toutes les occaſions, où l'art de parler eſt le plus neceſſaire.

Qu'on donne en parti

culier à un enfant tant de
leçons qu'on voudra fur
l'éloquence, fur la maniere de s'exprimer, fur le
talent de prononcer, il
demeurera toûjours auffi
neuf dans l'ufage de ces
chofes, qu'il l'étoit aupa-
ravant ; c'eft que pour y
réüffir, il ne s'agit pas
d'une fimple fpeculation,
il s'agit de la pratique,
qui ne s'acquiert que par
la pratique même qu'on a
toute entiere dans les Colleges, & qu'on ne peut
avoir autre part prefqu'en
aucune maniere.

On a beau vouloir y suppléer par quelques assemblées extraordinaires, c'est un exercice journalier, ou du moins ordinaire, qui forme & qui dresse les esprits, & non pas un simple exercice que l'on fait au bout de plusieurs années, pour dire qu'il a été fait, & pour attirer au disciple & au maître des complimens qui ne signifient rien.

Si on eut voulu exercer tout de bon un jeune homme, il falloit le mettre au milieu de plusieurs autres

G iiij

jeunes hommes, qui euf-
fent fait les mêmes exercices, & qui avoient autant
ou plus d'habileté que lui,
il eut apperçû aifément
parmi eux, ce qui lui manquoit pour bien faire, &
comment il le devoit faire
en les imitant.

Ainfi, quelque foin qu'on
apporte, & de quelque fuccés qu'on fe foit flatté en
élevant des enfans en particulier, je ne crois pas
qu'ils ofaffent jamais fe
commettre avec ceux qui
fe font diftinguez dans
un bon College, particu-

lierement sur les deux ar-
ticles les plus essentiels,
qui sont la composition, &
la prononciation d'un discours.

Aussi leurs Maîtres ont-
ils grand soin de se retrancher d'ordinaire sur l'in-
terpretation des Auteurs,
qu'ils vantent fort : disant
que c'est la partie des belles lettres la plus necessaire. Ils disent vray en cela,
mais ils n'ajoûtent pas ce
qui est également vray,
que c'est la partie la plus
aisée, celle dont les esprits
les plus communs sont le

plus fufceptibles, & celle
qui demande dans le dif-
ciple & dans le maître le
moins d'imagination, de
goût, de difcernement,
d'application & d'habile-
té.

En effet ce n'eft-là pro-
prement encore que le
commencement des belles
lettres; leur vray caractere & leur perfection con-
fiftant à fçavoir produire
foy-même les bonnes cho-
fes, dont on a veu le mo-
dele dans les bons Auteurs;
& ce font encore une fois
ces productions ingenieu-

fes, dont regulierement parlant on n'aquiert jamais tant la pratique que dans les Colleges, parce qu'il n'y a point de lieu où les jeunes gens puiſſent être ſi fort exercez, ou à ſe déployer & à ſe former l'eſprit par la juſteſſe & l'art des compoſitions, ou à ſe le rendre vif & preſent par les frequens exercices où ils parlent & diſputent les uns avec les autres ſur toutes les matieres de litterature.

CHAPITRE IV.

De la fanté.

SI l'on confulte les me-res, un enfant eft toûjours plus en fûreté auprés d'elles que dans un College, & mieux garanti des maladie & de la mort mê-me.

Si l'on confulte les medecins & les amis, ils ré-pondront tout ce qu'il plaira au pere & à la mere.

Si l'on confulte la verité & l'experience fans preoccupation; voicy peut-être ce qu'il y a de plus certain.

D'un côté plus de peines, de soins, plus de visites de medecins, plus de remedes, plus de complaisances, plus de flatteries, une nourriture plus exquise & si l'on veut plus abondante, plus succulente, un sommeil plus long, & mille autres choses qui flattent davantage la nature, & qui entretiennent mieux la paresse, & la molesse.

Mais dans les Colleges, j'entends ceux qui sont les mieux reglez, plus de

regle dans le boire & dans
le manger, moins de délicatesse & plus de vrais
soins, tout ce qu'il faut
pour le necessaire & rien
plus.

Il semble que le Prince
des Medecins, qui a exposé en deux mots dans un
de ses Aphorismes le secret
le plus infaillible de conserver la santé, ait voulu
marquer en même temps
ce qui se passe dans les
Colleges à cet égard; manger peu & faire de l'exercice. *Optimum sanitatis studium nunquam satiari cibis*

& impigrum eſſe ad labo-
rem.

La frugalité prévient
les mauvaiſes humeurs, &
le travail moderé diſſipe
celles qu'on auroit pû
amaſſer.

Ces deux choſes eſſen-
tielles en general pour la
ſanté, le ſont particulierement au tems de l'enfan-
ce; car comme c'eſt l'âge
où le corps ſe forme, s'il
s'accoûtume pendant ce
temps-là, à ce qui doit le
rendre ſain & robuſte,
c'eſt une heureuſe diſpoſi-
tion pour tout le reſte de la

vie ; Or c'eft ce qui fe fait infenfiblement, & comme naturellement dans les Colleges.

On fçait affez en general que la frugalité y regne & elle y doit regner, non pas cependant pour manquer à donner aux enfans la nourriture qu'il faut & pour la qualité & pour la quantité ; car fi cela manquoit ce feroit une autre extremité qui feroit tres-pernicieufe ; mais parce que dans la qualité, & dans la quantité on y évite les excés qui empêche-roient

roient le plus de former
un bon temperamment.

Les excés dans la quali-
té des viandes sont les dé-
licatesses, les ragoûts, &
les friandises, qui sont or-
dinaires dans les maisons
de qualité, & qui n'ayant
point de suc solide, au
lieu de faire un sang pur
& bon, avec une chair
ferme & saine, n'engen-
drent peu à peu que de la
corruption dans le corps,
de sorte que par là une
bonne partie des meres à
force de choyer leurs en-
fans, les tuënt avec tout

H

le soin imaginable.

Un des meilleurs tem-
perammens de ce siecle a
été celuy d'Henry IV. il
en fut redevable à la sage
conduite de son grand pe-
re Henry d'Albret, qui ne
voulut jamais qu'on le
nourrit avec la délicatesse
qu'on nourrit ordinaire-
ment les enfans de quali-
té; mais il voulut au contraire que ce jeune Prince
vêcut comme le commun
des enfans du païs, de
pain bis, de bœuf & de
mouton, de fromage &
d'ail.

Il en faudroit uſer de même à l'égard de tous les enfans, quelques foibles qu'ils puiſſent être d'ailleurs; ſi on les élevoit de cette maniere, ils s'y accoûtumeroient aiſément, & acquereroient cette force que les perſonnes de qualité envient ſouvent dans les gens de baſſe condition.

Mais pour avoir égard à la maniere dont les enfans ont commencé d'être élevez chez eux, rien n'eſt meilleur que les vivres d'une maiſon reglée, qui

ont une bonne substance,
& qui excitent assez l'appetit pour en prendre suffisamment , & trop peu
pour en prendre à l'excés,

La quantité des vivres
est reglée aussi dans les
Colleges d'une maniere
tres-salutaire, moins par
la mesure ordinaire & raisonnable que l'on en donne aux enfans , que par le
temps marqué auquel on
la leur fait prendre ; car de
cette maniere jamais ils ne
se chargent trop de nourriture , & n'en prennent
qu'à proportion de leurs
besoins.

Une des choses qui contribuë davantage à ruiner les temperammens, c'est la liberté qu'on se donne de manger à toute occasion, par fantaisie & par les mouvemens d'un appetit déreglé ; car dans l'avidité avec laquelle on satisfait sa sensualité, on n'apperçoit pas ce qui suffit à la nature, on en passe les bornes, & on s'attire imperceptiblement ainsi des maladies, dont on ne sçait à quoy attribuer la cause dans la suite ; c'est ce que l'experience nous met tous

les jours devant les yeux
à l'égard des enfans ; &
on en pourroit nommer
plusieurs d'une naissance
distinguée , qui n'ayant
jamais eu qu'une santé foi-
ble & languissante dans la
maison paternelle , ont
commencé d'avoir une
santé bonne & forte, dés
qu'ils ont été dans les Colleges, où ils menoient une
vie reglée & pour le man-
ger & pour l'exercice.

Cet exercice est la se-
conde chose necessaire à la
santé, & il consiste dans
un travail moderé d'es-

prit & de corps.

L'exercice de l'esprit chasse dans les enfans la langueur & la non-chalance, qui les abat & qui les rend ensuite incapables de soûtenir les fatigues qu'il faut essuyer necessairement pour les emplois de la vie: car si l'esprit ne s'accoûtume pas de bonne heure à s'appliquer, il ne le peut faire dans la suite sans des efforts & des violences qui ne manquent point d'interesser la santé ; au lieu que si on le forme dés l'en-

fance aux fonctions qui
luy font propres , non feulement elles ne luy font pas
nuifibles , mais même en
le fixant & en l'occupant
agreablement , elles luy
donnent une facilité &
une heureufe difpofition ,
qui contribuë à la fanté
plus qu'on ne peut dire.

Les exercices du corps
qui font en ufage dans les
Colleges , font d'une utilité encore plus connuë , il
s'y trouve des jeux & des
divertiffemens , qui font
propres à dénoüer & à fortifier le corps des enfans ,

d'ailleurs

d'ailleurs on les y accoutu-
me peu à peu à manger de
tout, à se lever matin, à
essuyer quelques petites
incommodités du chaud
& du froid, ce qui tient
lieu par rapport à la santé d'un travail moderé;
Car il y en a trop peu pour
leur faire mal, & assez pour
pour leur apprendre à
soûtenir autant qu'il est
necessaire la rigueur de
l'air & des saisons. Ce que
ne sçavent point asseuré-
ment la plûpart des en-
fans de qualité, qui sont
élevez dans les maisons

I

particulieres ; c'eſt pour-
quoi on les voit ſouvent
tres-infirmes, ne pouvant
ſouffrir ni le vent , ni la
pluye , ni le chaud, ni le
froid , ni le Soleil , ni la
pouſſiere ; il leur faut pour
la moindre choſe des
breuvages , des potions,
des ptiſanes , des conſer-
ves , des tablettes, & mille autres remedes, qui ne
ſervent gueres qu'à aug-
menter le mal, que leur a
fait une éducation trop
molle, & éloignée de tou-
te ſorte de travail.

Auſſi puis-je aſſurer que

fi l'on fuit de l'œil la vie des enfans, dont les uns auront été élevez en particulier, & les autres dans les Colleges, on trouvera que les derniers auront incomparablement plus d'embonpoint, plus de force, plus de vigueur & plus de fanté, que les premiers.

Cette comparaifon fe peut faire fur tous les autres fujets, que nous avons touchez en cette Differtation; c'eft dans ce point de veuë, qu'il faut regarder la queftion que

nous avons traitée, afin
d'en bien juger.

Approbaon. ti

JE ſouſſigné Docteur de la Socie-
té de Sorbonne, ay lû cette Diſ-
ſertation : qui contient *des Refle-*
xions utiles pour l'éducation de la Jeu-
neſſe , & n'a rien de contraire à la
Foi & aux bonnes mœurs. Fait en
Sorbonne le 23. de Decembre 1699.

DuMAS.

Permis d'imprimer. Fait ce 27.
Decembre 1699.

M. R. DE VOYER DE PAUMY
D'ARGENSON.